AF363845

BEAUX BIJOUX

Enrichis de

**Perles, Émeraudes, Rubis, Turquoises,
Saphirs et Brillants**

CATALOGUE

DE

BEAUX BIJOUX

enrichis de

Perles, Émeraudes, Rubis, Turquoises,
Saphirs et Brillants
Collier de chien de huit rangs de perles
Important collier en brillants
Sautoirs en perles et brillants
Boutons d'oreilles, Bracelets, Broches, Bagues
Chaînes, Pendentifs, Épingles, Montres, etc.

DONT LA VENTE AUX ENCHÈRES PUBLIQUES AURA LIEU

HOTEL DROUOT, SALLE N° 7

Les Mercredi 2 et Jeudi 3 Février 1910

A DEUX HEURES

Mᵉ EUGÈNE BAILLY	**M. A. REINACH**
COMMISSAIRE-PRISEUR	*Expert près la Cour d'appel, à Paris*
9, rue Notre-Dame-des-Victoires	17, rue Drouot

EXPOSITION PUBLIQUE

Le Mardi 1ᵉʳ Février 1910, de 2 heures à 6 heures

CONDITIONS DE LA VENTE

Elle sera faite au comptant.

Les adjudicataires payeront *dix pour cent* en sus des enchères.

L'exposition mettant le public à même de se rendre compte de l'état et de la nature des objets, aucune réclamation ne sera admise une fois l'adjudication prononcée.

Paris. — Imp. de l'Art, Ch. BERGER. 41, rue de la Victoire.

DÉSIGNATION

1 — Très riche collier pouvant se monter en diadème, formé de palmes serties de brillants poires réunies par des branches de lauriers pavées de brillants et de roses. (*Travail de la Maison F. Boucheron.*)

2 — Collier de chien, composé de huit rangs cinq cent quatre-vingt-quatre perles fines et de cinq barrettes serties de brillants.

3 — Sautoir, composé de deux cent quarante-sept perles fines, et de deux cent quarante-huit petites perles, avec fermoir formé d'un chaton serti d'un brillant.

4 — Sautoir, composé de trois cent cinq perles fines.

5 — Collier, composé de quatre-vingt-quinze perles fines, avec fermoir en or.

6 — Trois pendants, formés de grosses émeraudes cabochons et de calottes serties de roses. (Ce lot pourra être divisé.)

7 — Pendeloque formé d'une perle fine.

8 — Riche pendentif en or, de forme cœur, formé d'un rubis entouré de dix brillants, avec bélière ornée de deux brillants.

9 — Pendentif, formé d'un ornement enrichi d'une perle et de roses, soutenant par deux chaînettes en platine deux perles de forme poire.

10 — Pendentif en platine, formé d'un motif, composé de myosotis et de rubans sertis de brillants et de roses, soutenant trois émeraudes cabochons.

11 — Broche ronde en or, pouvant former pendentif, enrichie d'une très jolie perle entourée de brillants, au centre de quatre perles et de quatre brillants s'alternant.

12 — Riche broche, de forme cœur, ornée d'une turquoise entourée de roses et d'un entourage de quatorze très beaux brillants.

13 — Très belle broche hirondelle pavée de très beaux brillants, tenant en pendentif une perle de forme poire.

14 — Broche ovale en or, ornée d'une grande turquoise, entourée de dix-huit brillants avec pendant turquoise de forme poire éntourée de dix-huit brillants.

15 — Broche joaillerie, ornée d'un grand brillant et d'un pendant brillant de forme poire.

16 — Broche, formant deux huit sertis de brillants, les centres des boucles ornés de quatre brillants poires.

17 — Grande broche croissant sertie de brillants et de roses.

18 — Broche fer à cheval en or, sertie de sept turquoises et de huit brillants.

19 — Broche cigogne, le corps formé d'une perle, les ailes et la tête serties de brillants et de roses.

20 — Broche ronde en or, formée d'un brillant entouré de huit brillants.

21 — Broche libellule, le corps serti de saphirs et les ailes serties de brillants et de
roses.

22 — Broche scarabée, le corps formé d'une
grosse émeraude cabochon, la tête et les
pattes serties de brillants et de roses.

23 — Broche-nœud en or, ornée d'une perle et
de roses.

24 — Broche ronde en or, formée d'un très
beau rubis d'Orient entouré de brillants sur
deux rangs.

25 — Broche ronde en or, formée d'un très
beau rubis d'Orient entouré de brillants sur
deux rangs.

26 — Broche ronde en or, ornée d'une perle et
de brillants.

27 — Broche ronde en or, ornée d'une perle et
de brillants.

28 — Broche ronde en or, formée d'un saphir
entouré d'un rang de brillants, et d'un rang
de roses.

29 — Broche-nœud sertie de brillants (manque
deux pierres.)

30 — Broche-barrette, composée de trois saphirs cabochons et de dix brillants.

31 — Broche en or émaillé, formée d'un grenat
et de quatre brillants.

32 — Jolie boucle, formée de feuilles de lauriers serties de brillants et de roses, au centre un très beau brillant.

33 — Paire de boucles d'oreilles, ornées de très
beaux brillants solitaires, avec petits brillants au-dessus.

34 — Paire de boucles d'oreilles, ornées de
beaux brillants solitaires, avec petits brillants au-dessus.

35 — Paire de boucles d'oreilles, ornées de deux
grosses perles d'Orient et de deux brillants
au-dessus.

36 — Paire de boucles d'oreilles en or, ornées
de deux jolies émeraudes entourées de huit
brillants.

37 — Paire de jolies boucles d'oreilles en or, ornées de deux turquoises entourées de treize brillants.

38 — Paire de boucles d'oreilles en or, de forme trèfle, composées chacune de trois perles et de brillants.

39 — Paire de boucles d'oreilles en or, ornées de deux perles fines et de huit brillants.

40 — Paire de petites boucles d'oreilles, ornées de deux perles soutenant un petit nœud serti de roses.

41 — Paire de petites boucles d'oreilles, formées chacune de trois chatons sertis de brillants.

42 — Bague, enrichie d'un trés beau rubis d'Orient et de deux brillants, le corps serti de quatre petits brillants.

43 — Bague, enrichie d'une émeraude et de deux brillants.

44 — Bague en or, ornée d'un beau brillant entouré de rubis calibrés, le corps orné de six petits brillants.

45 — Bague fil en or, ornée d'un brillant solitaire.

46 — Bague en or, ornée d'une perle et de deux brillants.

47 — Bracelet gourmette en or, orné d'une très belle émeraude et de deux brillants.

48 — Bracelet, orné d'une perle entourée de douze brillants, le corps orné de vingt brillants.

49 — Bracelet en or, orné d'une inscription russe en brillants et en roses.

50 — Bracelet à ressort en or émaillé, orné de demi-perles.

51 — Bracelet à ressort en or émaillé, orné de vingt-quatre petits brillants.

52 — Bracelet rivière, formé de vingt-deux saphirs entre deux bandes de roses.

53 — Bracelet rivière, formé de six perles, un brillant, trois saphirs et trois rubis entre deux bandes de roses.

54 — Bracelet en or émaillé, orné de demi-
perles, de brillants et de roses.

55 — Bracelet souple en or, enrichi de deux
émeraudes cabochons et de brillants.

56 — Bracelet paillasson en or, formant médaillon orné de roses.

57 — Bracelet en or émaillé bleu, orné d'une
comète formée d'un brillant et de roses.

58 — Bracelet souple en or, orné de roses et
d'émeraudes (taillées en scarabées).

59 — Sautoir en or, enrichi de dix-huit chatons
en platine sertis de brillants.

60 — Sautoir en or, enrichi de onze rubis d'O-
rient et de onze chatons en platine sertis de
brillants.

61 — Sautoir en or, enrichi de dix rubis d'O-
rient et de vingt chatons en platine sertis de
petits brillants.

62 — Croix, formée de myosotis sertis de brillants et de roses, avec guirlande sertie de
turquoises.

63 — Médaillon en or, enrichi d'une perle fine,
d'un brillant, une émeraude, un rubis et un
saphir.

64 — Epingle en or, enrichie d'une belle perle
fine.

65 — Epingle, formée d'un chaton serti d'un
rubis, soutenant un très beau brillant de
forme poire.

66 — Epingle en or, ornée d'une perle fine.

67 — Epingle, formée d'un chaton serti d'un
brillant, soutenant une perle grise de forme
poire.

68 — Epingle fer à cheval sertie de vingt et un
petits brillants.

69 — Epingle en or, formé d'un chaton serti
d'un saphir cabochon, soutenant un brillant.

70 — Epingle en or, formé d'un chaton serti
d'un saphir cabochon.

71 — Epingle en or, ornée d'une émeraude et
d'un brillant au-dessous.

72 — Epingle en or, ornée d'une perle fine et
d'un brillant au-dessous.

73 — Epingle en or, branche de chêne enrichie
de deux perles fines et de roses.

74 — Epingle serpent en or, sertie de roses,
soutenant une perle fine.

75 — Epingle serpent en or, ornée d'un rubis et
de deux roses.

76 — Deux épingles de coiffure en écaille
blonde, ornées de saphirs, rubis et de roses.

77 — Paire de boutons de manchettes doubles
en or, ornés de rubis cabochons.

78 — Paire de boutons de manchettes doubles,
ornés de saphirs cabochons et de brillants.

79 — Paire de boutons de manchettes doubles
en or, ornés de saphirs cabochons.

80 — Quatre boutons de chemise en or, ornés
de perles fines.

81 — Deux boutons de chemise en or, ornés
d'onyx et de deux brillants.

82 — Deux boutons de chemise en or, ornés de saphirs cabochons.

83 — Face à main en or émaillé, ornée de demi-perles et de brillants.

84 — Coulant de cravate, orné d'un rubis cabochon et de vingt petits brillants.

85 — Chaîne de gilet américaine en or, anneaux allongés.

86 — Chaîne de gilet gourmette en or.

87 — Châtelaine fer à cheval en or, ornée de roses entre deux rangs de demi-perles.

88 — Broche trèfle, ornée de trois saphirs étoilés et de deux roses soutenant une montre en or enrichie d'un saphir étoilé entouré de roses.

89 — Jolie petite montre de dame, à remontoir, pavée de roses.

90 — Montre d'homme plate en or, à remontoir. (*Golay et Stahl.*)

91 — Montre d'homme en or, boîte de chasse, à remontoir et à répétition. (*Patek, Philippe et C°.*)

92 — Montre d'homme savonnette en or, à clef. (*Denis Blondel.*)

93 — Porte-crayon en or torsadé.

94 — Porte-cigarettes en or.

95 — Porte-cigarettes en or et platine, avec bandes en or, enrichi de quatre brillants et de saphirs cabochons.

96 — Porte-cigarettes en or à ressort, orné de deux saphirs cabochons.

97 — Nécessaire de fumeur en or, avec chiffre et couronne, le fermoir orné d'un saphir cabochon.

98 — Nécessaire de fumeur en or, le fermoir orné d'un rubis cabochon.